AF343126

VENTE DU 2 JUIN 1893

(SALLES SILVESTRE)

CATALOGUE

DE

BEAUX LIVRES

PROVENANT EN GRANDE PARTIE DE

LA BIBLIOTHÈQUE DE FEU M. LE BARON HAUSSMANN

Sénateur, Préfet de la Seine.

OUVRAGES SUR L'HISTOIRE DE FRANCE
VRES ILLUSTRÉS — BEAUX-ARTS — ARCHITECTUR
AUTEURS CONTEMPORAINS
ÉDITIONS CONQUET, C. LÉVY ET AUTRES
GRANDES PUBLICATIONS SUR LA VILLE DE PARIS

PARIS

ÉM. PAUL, L. HUARD ET GUILLEMIN

LIBRAIRES DE LA BIBLIOTHÈQUE NATIONALE

28, RUE DES BONS-ENFANTS, 28

1893

LA VENTE AURA LIEU

Le Vendredi 2 Juin 1893

à huit heures précises du soir

Dans les Salles de Ventes aux Enchères

DE LA LIBRAIRIE ÉM. PAUL, L. HUARD & GUILLEMIN

28, rue des Bons-Enfants (anciennes Maisons Silvestre et Labitte)

SALLE N° 1

Par le ministère de M⁰ MAURICE DELESTRE, Commissaire-priseur

27, RUE DROUOT

Assisté de MM. ÉM. PAUL, L. HUARD ET GUILLEMIN

LIBRAIRES-EXPERTS

28, RUE DES BONS-ENFANTS

CONDITIONS DE LA VENTE

La vente se fait expressément au comptant.

Les acquéreurs payeront 5 p. 100 en sus des enchères, applicables aux frais.

Il y aura exposition le jour de la vente, de 2 à 4 heures.

Les livres devront être collationnés dans les vingt-quatre heures de l'adjudication. Passé ce délai, ou une fois sortis de la salle de vente, ils ne seront repris pour aucune cause.

Les Libraires, chargés de la vente, rempliront les commissions des personnes qui ne pourraient y assister.

CATALOGUE

DE

BEAUX LIVRES

PROVENANT EN GRANDE PARTIE DE LA

BIBLIOTHÈQUE DE FEU M. LE BARON HAUSSMANN

SÉNATEUR, PRÉFET DE LA SEINE

OUVRAGES DIVERS

1. ARGENSON (Marquis d'). Journal et Mémoires publiés par Rathery. *Paris, Renouard*, 1859-1862, 4 vol. in-8, br.

2. BALTARD. Villa Médicis à Rome, dessinée, mesurée, publiée et accompagnée d'un texte historique et explicatif. *Paris*, 1867, in-fol. planches, demi-rel. chag. r. avec coins.

     Envoi de l'auteur.

3. BARANTE (de). Histoire des Ducs de Bourgogne de la maison de Valois, 1364-1477. Quatrième édition. *Paris, Ladvocat*, 1826, 13 vol. in-8, v. vert, dos orné, dent. et milieu à fr. tr. marb.

     Bel exemplaire.

4. BÉQUET (Ét.). Marie ou le Mouchoir bleu. Notice littéraire par Ad. Racot, six compositions par de Sta gravées par Abot. *Paris, Conquet*, 1884, in-16, papier vélin du Marais, fig. br. couverture.

5. BÉRANGER. Œuvres complètes. Édition unique, revue par l'auteur, ornée de 104 vignettes en taille-douce. *Paris, Perrotin*, 1834, 3 vol. in-8, fig. de Tony Johannot, Charlet, Raffet, etc. bas. verte.

     Tomes I à III.

6. BIBLE (La Sainte), contenant l'Ancien et le Nouveau Testament, traduite en françois sur la Vulgate, par M. Le Maistre de Saci. *Paris, Defer de Maisonneuve*, 1789-1804, 12 vol. in-8, 300 fig. de Marillier et Monsiau, demi-rel. bas. r. non rog.

     Bel exemplaire.

7. — Traduction nouvelle, avec l'hébreu en regard... avec des notes philologiques, géographiques et littéraires... par S. Cahen. *Paris, Barrois*, 1831-1839, 18 tomes en 19 vol. in-8, texte hébreu et français, demi-rel. chag. brun.

8. — Les Saints Évangiles. Traduction de Le Maistre de Saci. *Paris, impr. Impér.* 1862, in-fol. pl. chag. r. fil. tr. dor. armoiries sur le plat recto, renfermé dans une boîte-étui, cart.

9. BLANC (Charles). HISTOIRE DES PEINTRES DE TOUTES LES ÉCOLES. *Paris, Renouard*, 1865-1884, 14 vol. in-4, fig. br.

10. BUCHEZ et ROUX. Histoire parlementaire de la Révolution française, ou Journal des Assemblées nationales depuis 1789 jusqu'en 1815. *Paris, Paulin*, 1834-1838, 40 vol. in-8, demi-rel. bas. f.

11. BUCHON. Choix de Chroniques et Mémoires sur l'histoire de France, avec notices biographiques. *Paris, Desrez*, 1835-1838, 18 vol. gr. in-8, à 2 col. demi-rel. bas. verte.

On a ajouté à cette collection : Œuvres complètes de Brantôme, 2 vol.; Histoire de la décadence et de la chute de l'empire romain, par Édouard Gibbon, 2 vol.; chroniques étrangères relatives aux expéditions françaises pendant le XIIIe siècle. — Ens. 5 vol. gr. in-8 de reliure uniforme.

12. CARTE générale du département des Alpes-Maritimes, dressée sous la direction de M. Conte-Granchamp, 1861. — Carte particulière des côtes de France et d'Italie (département du Var, comté de Nice), levée en 1840 par Le Bourguignon-Duperré et Bégat, ingénieurs. — Carte particulière des côtes d'Italie (États sardes), levée en 1855 par M. Darondeau et Delamarche, ingénieurs. — Ens. 4 cartes gravées, collées sur toile, renfermées dans un carton gr. in-fol. demi-rel. chag. bleu, plats toile, chiffre du baron Haussmann et armoiries de la Ville de Paris sur les plats.

13. — Département de la Gironde, extrait de la carte topographique de la France, levée par les officiers d'État-major et gravée au dépôt général de la guerre. Report sur pierre. *Paris*, 1858, 6 cartes doubles, gr. in-fol. gravées et collées sur toile, renfermées dans un carton en demi-rel. chag. bleu, plats toile, le plat recto contient le chiffre couronné du baron Haussmann, le plat verso les armoiries de la Ville de Paris.

14. CHALLAMEL (Aug.). Mémoires du peuple français, depuis son origine jusqu'à nos jours. *Paris, Hachette*, 1866-1873, 8 vol. in-8, br.

15. CHAMPFLEURY. Le Violon de Faïence. Nouvelle édition illustrée de 34 eaux-fortes de Jules Adeline. *Paris, Conquet*, 1885, gr. in-16, papier vélin du Marais, fig. br. couverture.

16. CHATEAUBRIAND (Le vicomte de). Œuvres complètes. *Paris, Pourrat*, 1837-1840, 36 vol. gr. in-8, fig. demi-rel. chag. noir, tête dor. ébarbé.

17. CIPRIANA. Itinerario Figurato degli edifizi piu rimarchevoli di Roma, *Roma*, 1835, in-4, 100 pl. sur cuivre, demi-rel. bas. brune.

18. CLARETIE (Jules). Bouddha, frontispice et 10 vignettes dessinés par Robaudi, gravés par A. Nargeot. *Paris, Conquet*, 1888, in-16, fig. br. couverture.

Exemplaire sur PAPIER DU JAPON.

19. — La Canne de M. Michelet. Promenades et Souvenirs. Préface par Alfred Mézières. Douze compositions de P. Jazet, gravées à l'eau-forte par H. Toussaint. *Paris, Conquet*, 1886, in-8, papier vélin, portrait et fig. demi-rel. mar. r. avec coins, non rog. couverture. (*Champs.*)

20. COMMINES. Les Mémoires. Dernière édition. *A Leide, chez les Elzeviers*, 1648, pet. in-12, titre gravé, mar. brun, dos orné, dent. tr. dor.

Jolie édition recherchée. Hauteur : 127 mill.

21. CORNEILLE (P.) Théâtre avec des commentaires. *Genève (Berlin)*, 1774, 8 vol. in-4, v. éc. fil. tr. marb.

Exemplaire auquel est ajouté la suite in-8 des figures de Gravelot de l'édition de 1764 (cette suite est remontée); et celle de Moreau et Prudhon de l'édition de Renouard 1817.
Épreuves AVANT LA LETTRE SUR CHINE.

22. Costumes orientaux inédits, dessinés d'après nature en 1796, 1797, 1798, 1802 et 1809, gravés à l'eau-forte, terminés à la pointe sèche, et coloriés : avec des explications (par Pierre de La Mésangère). *Paris*, 1813, in-4, fig. cart.

23. Croquis d'architecture et d'ornements. S. *l. n. d.* pet. in-4 obl. mar. r. à long grain, dent. (*Reliure du commencement du siècle.*)

Environ 80 croquis la plupart dessinés et au lavis, remontés et formant un album.

24. Danjou. Archives curieuses de l'Histoire de France depuis Louis XI jusqu'à Louis XVIII, ou Collection de pièces rares et intéressantes... publiées d'après les textes conservés à la Bibliothèque Royale. *Paris, Beauvais*, 1837-1840, 12 vol. in-8, br.

25. Daudet (Alphonse). Fromont Jeune et Risler aîné, mœurs parisiennes. Notice littéraire par Gustave Geffroy, douze compositions de Ed. Bayard, gravées à l'eau-forte par J. Massard. *Paris, Conquet*, 1885, 2 vol. pet. in-8, fig. demi-rel. mar. bleu jans. avec coins, genre Bradel, non rog. couverture.

26. — Sapho. Mœurs parisiennes, illustrations de Rossi, Myrbach, etc. *Paris, Marpon et E. Flammarion*, 1887, in-12, fig. br. couverture illustrée.

Exemplaire sur Papier du Japon.

27. — Tartarin de Tarascon, illustré par Girardet, Montégut, de Myrbach, Picard, Rossi. *Paris, Marpon et Flammarion*, 1887, in-12, fig. br. couverture illustrée.

Exemplaire sur papier du Japon.
De la *Collection artistique Guillaume.*

28. — Tartarin sur les Alpes, illustré par Aranda, de Beaumont, Montenard, de Myrbach, Rossi. *Paris, Marpon et Flammarion*, 1886, in-12, portrait, fig. demi-rel. mar. br. avec coins, non rog. couverture illustrée.

Un des 50 exemplaires sur papier du Japon.
De la *Collection artistique Guillaume.*

29. Delille (J.). Œuvres. Nouvelle édition. *Paris, Michaud*, 1824, 16 vol. in-8, portr. et fig. de Desenne, Devéria, Gérard, etc. v. brun, dent. à fr. dos et milieu des plats dorés et mosaïqués de v. vert, fil. int. tr. marb. (*Lesné.*)

Légères mouillures.

30. Dubos. Histoire de la Ligue faite à Cambray entre Jules II, pape, Maximilien I, Louis XII, Ferdinand V, contre la République de Venise. *La Haye, Moetjens*, 1710, 2 tomes en 1 vol. in-12, v. f. ant. fil.

31. Du Camp (Maxime). Une Histoire d'amour, portrait gravé par A. Lamotte, 8 compositions de P. Blanchard. *Paris, Conquet*, 1888, in-16, papier vergé du Marais, fig. br. couverture.

32. Dumas fils (Alex.). Francillon, pièce en trois actes. *Paris, Calmann Lévy*, 1887, in-8, br.

Édition originale.
Exemplaire sur Papier du Japon.

33. Érasme. L'Éloge de la folie, traduit du latin, par M. Gueudeville. S. *l.* 1757, in-12, fig. vignettes et culs-de-lampe par Eisen, v. br. ant. fil.

Timbre sur le titre.

34. Essais pratiques d'Imprimerie précédés d'une notice historique. Typographie-Lithographie. *Paris, P. Dupont*, 1849, in-fol. fac-similés, demi-rel. chag. bleu, tr. dor.

35. Febure et Johnson. Album de la Comédie française. *Londres, Viard*, s.
d. in-fol. texte à 2 col. portr. hors texte sur chine, demi-rel. chag.
r. plat toile avec fers spéciaux, tr. dor.

36. Felo (J.). Eglise Sainte-Perpétue à Nimes. Travaux d'art : sculptures,
statuaire, cartons et dessins de verrières exécutés pour ce monument.
Paris, l'auteur, 1861, in-fol. pl. lith. sur chine, demi-rel. chag. violet.

37. Fournier (Ed.). La Comédie de J. de La Bruyère. *Paris, Dentu*, 1866,
2 tomes en 1 vol. in-12, mar. vert, tr. dor.

> Exemplaire sur Papier vélin fort.
> Chiffre couronne du Baron Haussmann sur le plat recto de la reliure.

38. Froissart. Histoire et Chronique mémorable. Reveu et corrigé sus divers exemplaires, par Denis Sauvage de Fontenailles... *Paris, Sonnius*,
1574, 4 tomes en 2 vol. in-fol. v. f. ant. dos orné, fil. et comp. à la Du
Seuil.

> Bonne édition.

39. Gautier (Théophile). Emaux et Camées. Cent douze dessins de Gustave
Fraipont, préface par Maxime du Camp. *Paris, Conquet*, 1887, in-16, fig.
br. couverture.

> Exemplaire sur Papier de Chine avec le tirage à part avant la lettre sur chine
> des 112 dessins.

40. — Militona. Un portrait et dix compositions de Adrien Moreau, gravés
par A. Lamotte. *Paris, Conquet*, 1887, in-12, papier vélin du Marais,
portrait, fig. vignettes, br.

> Tiré à petit nombre.

41. Goethe. Faust. Tragédie, traduction d'Albert Stapfer avec une préface
par P. Stapfer. Dessins de J.-P. Laurens, gravés par Champollion. *Paris,
Libr. des Bibliophiles*, 1885, in-8, fig. demi-rel. mar. La Vall. jans. avec
coins, genre Bradel non rog. couverture.

> Exemplaire sur Papier de Chine; figures avec et avant la lettre.

42. Gonse (L.). L'Art ancien et moderne à l'Exposition de 1878. *Paris,
Quantin*, 1879, 2 vol. in-4, fig. et pl. gr. hors texte, demi-rel. chag. grenat
jans. avec coins, tête dor.

43. Halévy (Ludovic). Trois coups de foudre. Dix dessins de Kauffmann
gravés par E. de Mare. *Paris, Conquet*, 1886, in-16, papier vélin du Marais, fig. br. couverture.

44. Hittorff et Zanth. Architecture moderne de la Sicile, ou Recueil des
plus beaux monuments religieux et des édifices publics et particuliers
les plus remarquables de la Sicile. *Paris, Renouard*, 1835, gr. in-fol.
75 pl. demi-rel. bas. r.

45. Horace. Œuvres, traduction nouvelle par Leconte de Lisle, avec le texte
latin. *Paris, Lemerre*, 1873, 2 vol. in-16, front. mar. vert, dos orné, fil.
dent. int. tête dor. (*David.*)

> Exemplaire sur Papier de Chine.

46. Hugo (Victor). Notre-Dame de Paris. Edition illustrée d'après les dessins de MM. E. de Beaumont, L. Boulanger, Daubigny, T. Johannot, etc.
Paris, Perrotin et Garnier, 1844, gr. in-8, fig. demi-rel. chag. brun.

> Sur le titre *la Cathédrale* et *la Chauve-Souris.*

47. — Ruy Blas, drame en cinq actes, portrait et quinze compositions de
Adr. Moreau, gravés à l'eau-forte par Champollion. *Paris, Conquet*, 1889,
gr. in-8, papier vélin du Marais, fig. br. couverture.

48. La Chesnaye-Desbois (de). Dictionnaire de la Noblesse, contenant les
généalogies, l'histoire et la chronologie des familles nobles de France...
On a joint à ce Dictionnaire le tableau généalogique, historique, des
maisons souveraines de l'Europe et une Notice des familles étrangères
(par de La Chesnaye-Desbois). *Paris, Duchesne*, 1770-1778, 12 vol. in-4,
cart. non rog.

> Le tome VI est incomplet du titre.
> Mouillures, piqûres de vers.

49. Lacroix (P.) et Seré (F.). LE MOYEN AGE ET LA RENAISSANCE. Histoire et description des mœurs et usages, du commerce et de l'industrie, des sciences, des arts, des littératures et des beaux-arts en Europe.
Paris, 1848-1851, 5 vol. in-4, fig. et planches en chromolith. demi-rel.
chag. violet.

> Bel exemplaire non rogné, monté complètement sur onglet.

50. — Le même ouvrage. 5 vol. in-4, fig. et pl. en chromolith. demi-rel·
chag. grenat avec coins, dos orné, fil. tête dor. ébarbé.

51. La Fontaine. Œuvres complètes. Nouvelle édition, avec un travail de
critique et d'érudition, par M. Louis Moland. *Paris, Garnier*, 1872-1876,
7 vol. gr. in-8, portr. et fig. br.

> Exemplaire sur GRAND PAPIER DE HOLLANDE avec les figures AVANT LA LÊTTRE, sur
> CHINE.

52. — Fables avec figures gravées par MM. Simon et Coiny. *Paris, Bos-
sange*, 1796, 4 vol. in-8, fig. cart. non rog.

> Exemplaire sur GRAND PAPIER.

53. — Fables illustrées par Grandville. *Paris, Furne*, 1842-1843, 2 vol.
in-8, fig. mar. bleu, fers spéciaux sur les plats, tr. dor.

> Taches d'humidité.

54. — Suite de 72 figures in-12, dont un portrait et un frontispice, gravées
d'après Oudry, pour les *Fables. Paris, Lemerre*.

> Épreuves AVANT LA LETTRE sur PAPIER WHATMAN, tirées grand in-8.

55. Lavater. L'Art de connaître les hommes par la physionomie. *Paris*,
1806-1809, 10 vol. in-8, portr. et 300 pl. en noir et à la sanguine, v.
marb. dos orné, dent.

> Bel exemplaire de cette édition recherchée.

56. Leber. Collection des meilleures dissertations, notices et traités particuliers relatifs à l'Histoire de France, composée en grande partie de
pièces rares qui n'ont jamais été publiées séparément. *Paris, Dentu*,
1838, 20 vol. in-8, br.

> Collection fort curieuse et recherchée.

57. Le Sage. Histoire de Gil-Blas de Santillane, vignettes par Jean Gigoux.
Paris, Paulin, 1835, gr. in-8, fig. demi-rel, bas.

> Exemplaire du PREMIER TIRAGE non rogné avec sa couverture; la couverture tirée en
> trois couleurs est datée de 1836.

58. Loti (Pierre). Pêcheur d'Islande. Roman. *Paris, Calmann Lévy*, 1886,
in-8, fig. br. couverture.

> Exemplaire numéroté sur PAPIER DE HOLLANDE, figures en deux états : avec et AVANT
> LA LETTRE.

59. Louandre. LES ARTS SOMPTUAIRES. Histoire du costume et de l'ameu-
blement et des arts et industries qui s'y rattachent, sous la direction de
Hangard-Maugé, dessins de Cl. Ciappori. *Paris, Hangard-Maugé*, 1857-
1858, 4 vol. in-4, dont 2 de texte et 2 vol. de planches en chromolith.
demi-rel. cuir de Russie, tête dor. ébarbé.

60. MALFILATRE. Narcisse dans l'Isle de Vénus, poème. *Paris, Lejay, s. d.*
(1769), in-8, fig. de Saint-Aubin, v. ant. éc. fil.

61. MAROT (Clément). Œuvres, revues et augmentées, accompagnées d'une
préface historique et d'observations critiques. *La Haye, Gosse et Neaulme,*
1731, 4 vol in-4, portrait, v. f. fil. tr. dor.

> Bel exemplaire.

62. MAUPASSANT (Guy de). Contes choisis, illustrés de 118 dessins de G. Jean-
niot. *Paris, Librairie illustrée, s. d.* in-8, fig. br. couverture illustrée.

> Un des 25 exemplaires sur PAPIER DE CHINE.

63. MÉNARD (René). Histoire artistique du Métal. *Paris, Rouam,* 1881, in-4,
fig. br.

64. MERCATI (Batt.). Alcune vedute et prospetti vedi di habiti di Roma.
S. l. n. d., in-fol. obl., 101 planches gravées à l'eau-forte et remontées,
mar. r. comp. tr. dor. (*Rel. anc.*)

65. MONITEUR. Réimpression de l'Ancien Moniteur... avec des notes explica-
tives. Édition ornée de vignettes, reproduction des gravures du temps.
Paris, Plon, 1858-1863, 32 vol. gr. in-8 à 2 col. fig. demi-rel. bas. rac.

> Réimpression du *Moniteur universel* depuis la réunion des États-Généraux jusqu'au
> Consulat (mai 1789-novembre 1799).

66. MONSTRELET. Volume premier (second et troisième) des chroniques contenant les cruelles guerres civiles entre les maisons d'Orléans et de Bourgogne... *Paris, Mettayer,* 1595, 3 tomes en 2 vol. in-fol. v. f. ant. dos
orné, fil. et comp. à la Du Seuil.

> Édition rare.

67. MONTAIGNE. Les Essais, avec des notes et de nouvelles tables des matières par P. Coste. *Paris,* 1725, 3 vol. in-4, v. ant. marb.

68. — Les Essais. Nouvelle édition exactement purgée des défauts des pré-
cédentes selon le vray original. *Amsterdam,* 1781, 3 vol. pet. in-8, v. ant.
jasp. fil. tr. dor.

69. MONTESQUIEU. Œuvres (avec des pièces inédites, publiées d'après les
manuscrits). *Paris, impr. de Plassan,* 1796, 5 vol. gr. in-4, fig. de Peyron,
v. vert jasp. dent. tr. dor.

> Bel exemplaire.

70. MULLER (Eug.). La Mionette. 28 compositions de O. Cortazzo, gravées à
l'eau-forte par Abot et Clapès. *Paris, Conquet,* 1885, in-16, papier vélin
du Marais, fig. br. couverture.

71. MUSSET (A. de). Nouvelles. Les deux Maîtresses. Emmeline. Le Fils du
Titien. Frédéric et Bernerette. Pierre et Camille. Nouvelle édition illustrée d'un portrait gravé par Burney et de 15 compositions de F. Flameng
et O. Cortazzo. *Paris, Conquet,* 1887, in-8, papier vélin, portrait, fig. et
vignettes, br.

> Tiré à petit nombre.

72. NAPOLÉON III. Œuvres. *Paris, Amyot,* 1854-1856, 4 vol. in-8, demi-rel.
chag. vert, dos orné avec le chiffre impérial couronné, tr. marb.

73. — HISTOIRE DE JULES CÉSAR (par l'empereur Napoléon III). *Paris, Impr.
impér.* 1865, 2 vol. in-4, cartes, demi-rel. mar. vert avec coins, fil. tête
dor. ébarbé.

> Le feuillet de garde en tête du tome 1er contient l'envoi suivant de l'auteur adressé
> à M. le baron Haussmann : *Souvenir d'amitié : Napoléon.*

74. Nisard (D.) Histoire et description de Nismes. *Paris, Desenne*, 1842, in-8, tiré in-4, planches gravées sur acier, cart. dos de toile.

Exemplaire sur GRAND PAPIER VÉLIN avec les planches tirées sur CHINE.

75. Noel (Ed.). Une mélodie de Schubert. Dessins de Georges Cain gravés par Deville. *Paris, Conquet*, 1888, in-16, papier vélin du Marais, fig. br. couverture.

76. Overbeck (Fr.). Vita et passio D. N. Jesu Christi. Quadraginta imagines Evengelicæ delineatæ. *Dusseldorpii, Schulgen, s. d.* in-4 obl. fig. cart.

77. Ovide. Fables choisies tirées des métamorphoses, gravures de Bernard Picart et d'après Lebrun, texte par René Ménard. *Paris, Lévy*, 1878, 2 vol. in-4, fig. cart. perc. verte, fers spéciaux sur les plats, tête dor.

78. Pailleron (Ed.). Le Monde où l'on s'ennuie, comédie en trois actes. *Paris, Calmann Lévy*, 1881, in-8, demi-rel. mar. olive jans. avec coins, genre Bradel, non rog. couverture.

EDITION ORIGINALE. Exemplaire sur PAPIER DE HOLLANDE.

79. Perret (L.). CATACOMBES DE ROME. Architecture, peintures murales, lampes, vases, pierres précieuses gravées, instruments, objets divers, fragments de vases en verre doré, inscriptions, figures et symboles gravés sur pierre. *Paris, Gide et Baudry*, 1851, 6 tomes en 3 vol. gr. in-fol. planches noires et en couleur, demi-rel. mar. vert jans. avec coins, tête dor. ébarbé.

Ouvrage publié par ordre du gouvernement, sous la direction d'une commission composée de MM. Ampère, Ingres, Merimée, Vitet.
Bel exemplaire complètement monté sur onglets.

80. Perret. Observations sur les usages des provinces de Bresse, Bugey, Valmorey et Gex et sur plusieurs matières féodales et autres, tant pour les pays de droit écrit, que pour les pays coutumiers. *Dijon, Frantin*, 1781-178?, 2 vol. in-4, v. ant. marb.

Manquent les pages 545 à 548 au tome I.

81. Pharaon (Florian). Voyage en Algérie de S. M. Napoléon III illustré par A. Darjou. *Paris, Plon*, 1865, in-4 obl. fig. cart. tr. dor.

82. — Voyage impérial dans le Nord de la France (26-30 août 1867). *Lille, Danel*, 1867, in-fol. papier vélin fort, le texte encadré de filets verts, cart.

Relation tirée à petit nombre.

83. Pingret (Ed.). Voyage de S. M. Louis-Philippe Ier, roi des Français, au château de Windsor. *Paris, Pingret*, 1846, in-fol. titre tiré en noir, or et couleur, planches lithographiées tirées sur chine, cart. perc. bleue.

84. Raphaël. Loggie di Rafaele nel Vaticano. (*Roma*), 1772-1777, 3 parties en 2 fol. in-fol. max. front. et 42 pl. demi-rel. mar. brun.

Incomplet du titre de la première partie. La troisième partie est reliée à la suite de la première. Raccommodages à plusieurs planches.

85. Renan (Ern.). L'Abbesse de Jouarre. *Paris, Calmann Lévy*, 1886, in-8, br.

EDITION ORIGINALE.
Exemplaire sur PAPIER DU JAPON.

86. Réné (le roi). Œuvres choisies, avec une biographie et des notices par le comte de Quatrebarbes et un grand nombre de dessins et ornements d'après les tableaux et manuscrits originaux, par M. Hawke. *Paris, Picard*, 1849, 2 vol. gr. in-4, fig. demi-rel. bas. verte, non rog.

87. REY et CHENAVARD. Voyage pittoresque en Grèce et dans le Levant, fait
en 1843-1844. Journal de voyage, dessins et planches lithographiées par
Et. Rey. *Lyon*, 1867, 2 tomes en 1 vol. in-fol. fig. sur chine, demi-rel.
mar. bleu jans. avec coins, tête dor.

88. ROBERTS (David). THE HOLY LAND, SYRIA, IDUMEA, Arabia, Egypt and Nu-
bia ; from drawings mads on the spot by David Roberts ; with historical
descriptions, by the Rev. George Croly and W. Brockedon ; lithographed
by Louis Haghe. *London, Moon*, 1842-1849, 6 vol. gr. in-fol. nombreuses
fig. et pl. en chromolithog. demi-rel. mar. brun avec coins, plats toile,
fers spéciaux, tr. dor.

> Bel exemplaire de cette jolie publication, portant un ENVOI AUTOGRAPHE de Sir FRAN-
> CIS GRAHAM MOON, lord-maire de Londres, au baron HAUSSMANN.

89. ROSASPINA (Fr.). La Pinacoteca della Pontificia Accademia delle belle
arti in Bologna. *Bologna*, 1830, gr. in-fol. nombr. pl. sur cuivre, demi-
rel. vélin blanc.

> Belle publication renfermant l'explication des planches en français et en italien.
> Mouillure.

90. SAINT-PIERRE (B. de). Paul et Virginie, suivi de la Chaumière indienne.
Paris, Furne, 1855, in-8, fig. demi-rel. chag. violet plats toile, tr. dor.

91. — Paul et Virginie, avec une introduction par Alex. Piedagnel, orné de
six figures hors texte, et deux vignettes dessinées et gravées à l'eau-forte
par Ad. Lalauze. *Paris, Liseux*, 1879, in-16, fig. demi-rel. mar. bleu
jans. à long grain avec coins, genre Bradel, non rog. couverture.

> Exemplaire sur PAPIER DE HOLLANDE. impression en vert ; figures avec et AVANT LA
> LETTRE.

92. SAINT-SIMON (duc de). Mémoires complets et authentiques, sur le siècle
de Louis XIV et la Régence... précédés d'une notice par M. Sainte-Beuve.
Paris, Hachette, 1856-1858, 20 vol. in-8, br.

93. SALZENBERG. Alt-Christliche Baudenkmale von Constantinopels vom V.
bis XII Jahrhundert. Im anhange des Silentiarius Paulus Beschreibung,
der heiligen Sophia und des Ambon, metrisch übersetzt und mit Anmer-
kungen versehen von Dr C. W. Kortüm. *Berlin, Ernst et Korhn*, 1854,
gr. in-fol. pl. cart.

> Ouvrage de luxe publié aux frais du gouvernement prussien.

94. SAULCY. Eaux de Jérusalem. *S. l. n. d.* in-4, mar. r. foncé jans. dent.
int. non rog.

> MANUSCRIT AUTOGRAPHE DE M. DE SAULCY. composé de 30 ff. écrits au recto, exé-
> cuté en 1864.

95. SERIE di ritratti d'Uomini illustri Toscani con gli Elogi istorici dei mede-
simi (da Giuseppe Allogrini). *Firenze*, 1766, 4 vol. gr. in-4, portraits,
demi-rel. parch.

96. SÉVIGNÉ. Lettres de Madame de Sévigné, de sa famille et de ses amis,
recueillies et annotées par M. Monmerqué. *Paris, Hachette*, 1862, 10 vol.
in-8, br.

> Tomes I à X renfermant toutes les lettres.
> De la *Collection des Grands écrivains*.

97. SISMONDI (Simonde de). Histoire des Français. *Paris, Treuttel et Würtz*,
1821-1844, 31 vol. in-8, demi-rel. bas. f. non unif.

98. — Histoire des Républiques italiennes du moyen âge. *Paris, Treuttel
et Würtz*, 1826, 16 vol. pet. in-8, demi-rel. chag. r.

99. THEATRUM statuum regiæ Celsitudinis, Sabaudiæ ducis, Pedemonti
principis, Cypri regis, Pars prima, exhibens Pedemontium et in eo

Augustam Taurinorum et loca viciniora. Pars altera, illustrans Sabaudiam et caeteras ditiones cis et transalpinas. *Amstelodami*, 1682, 2 vol. in-fol. pl. gr. vélin de Hollande, comp. dor.

Bel exemplaire sur GRAND PAPIER.
Incomplet des planches suivantes : Tome I. page 59 : *Jarenni descriptio tantum*; page 105 : *Villae Frontensis*. Tome II, page 53 : *Viae Annibalis*; page 57, *Montium S. Bernardi*.

100. THESAURUS Antiquitatum Beneventanarum (par Jean de Vita). *Romæ, ex typographia Palladis*, 1754-1764, 2 vol. in-fol. fig. sur bois et pl. sur cuivre, demi-rel. v. brun.

101. THEURIET (André). La Vie rustique. Composition et dessins de Léon Lhermitte, gravures sur bois de Clément Bellenger. *Paris, Launette*, 1888, gr. in-8, front. fig. et vignettes, br. couverture illustrée.

Exemplaire sur PAPIER VÉLIN DE CUVE TEINTÉ.

102. TILLIER (Claude). Mon oncle Benjamin. Nouvelle édition illustrée d'un portrait-frontispice et de 42 dessins de Sahib, gravés sur bois par Prunaire, avec une préface par Monselet. *Paris, Conquet*, 1881, 2 vol. gr. in-16, papier vélin teinté, fig. demi-rel. mar. r. jans. avec coins, genre Bradel, non rog.

103. VATEL. Notice sur le manuscrit des Œuvres Poétiques. *Chantilly*, 1881, in-fol. de 21 pp. en feuilles dans un carton.

Notice autographiée dont l'auteur est Mgr le duc d'Aumale.
Elle est ornée d'un beau frontispice à compartiments et d'un cul-de-lampe.

104. VOLTAIRE. Œuvres complètes (imprimées aux frais de Beaumarchais, par les soins de M. Decroix). *De l'Imprimerie de la Société typographique*, s. l. (Kehl), 1785-1789, 70 vol. in-8, portr. et fig. de Moreau, cart. non rog.

Exemplaire sur GRAND PAPIER. — Belles épreuves.

105. VOYAGE de L. L. M. en Bretagne. Août 1858. — Voyage en Lorraine. 1866, 2 vol. in-4, cart.

Service du grand écuyer.

106. VUIGNER (Émile) et FLEUR SAINT-DENIS. Pont sur le Rhin à Kehl. Détails pratiques sur les dispositions générales de cet ouvrage d'art. *Paris, Dunod*, 1861, 1 vol. in-4 de texte et 1 atlas gr. in-4. — Ens. 2 vol. demi-rel. chag. vert.

Envoi autographe de M. Vuigner à M. le baron HAUSSMANN.

107. ZOLA (Em.). Nouveaux contes à Ninon, frontispice et 30 compositions dessinés et gravés à l'eau-forte, par Ed. Rudaux. *Paris, Conquet*, 1886, 2 vol. in-8, papier vélin du Marais, fig. demi-rel. mar. violet jans. avec coins genre Bradel, non rog. couverture.

OUVRAGES SUR PARIS ET SES ENVIRONS

108. ALBUM des Boiseries sculptées du Chœur de Notre-Dame de Paris, connues sous le nom de vœu de Louis XIII. *Paris*, in-fol. de 35 planches lithographiées, cart. perc. verte, tr. dor.

109. ATLAS ADMINISTRATIF des 20 arrondissements de la ville de Paris, publié d'après les ordres de M. le baron Haussmann, 1868. — Grand in-fol.

front. et plans montés sur onglets, mar. bleu, dos orné, fil. comp. dent.
int. doublé et gardes de moire bleue, tr. dor.

Bel exemplaire au chiffre du baron HAUSSMANN, et portant sur la première page une
dédicace magnifiquement calligraphiée en or et couleur avec portrait de M. le baron
Haussmann : *A Monsieur le baron Haussmann, sénateur, préfet de la Seine. Hommage res-
pectueux du service du Plan de Paris.*

110. ATLAS DES 20 ARRONDISSEMENTS DE PARIS, publié par Andriveau-Goujon.
Paris, s. d. in-4 allongé, cartes gravées coloriées collées sur toile et
montées sur onglets, chag. bleu, fil. à froid.

Chiffre couronné du BARON HAUSSMANN, ancien préfet de la Seine, sur le plat recto ;
le plat verso porte les armes de la Ville de Paris.

111. BALLU. Monographie de l'église de la Sainte-Trinité, construite par la
ville de Paris. *Paris, Dupuis,* 1868, in-fol. planches gravées, montées sur
onglets, demi-rel. chag. vert, plats toile, fil. tr. dor. armoiries impériales.

Ouvrage dédié à M. le BARON HAUSSMANN, sénateur, préfet de la Seine.

112. BALTARD. Paris et ses Monuments, mesurés, dessinés et gravés par
Baltard, architecte, avec des descriptions historiques par le cit. Amaury-
Duval. *Paris, de l'impr. de Crapelet,* 1803, 2 parties en 1 vol. gr. in-fol.
pl. gr. demi-rel. mar. vert.

113. BALTARD et CALLET. Monographie des Halles centrales de Paris, con-
struites sous le règne de Napoléon III, et sous l'administration de M. le
baron Haussmann. *Paris, Morel,* 1863, gr. in-fol. 35 planches gravées,
montées sur onglets, demi-rel. chag. bleu, plats toile, armoiries de la
Ville de Paris sur les plats.

114. — Le même ouvrage, gr. in-fol. 35 planches gravées, montées sur
onglets, demi-rel. chag. bleu avec coins.

115. BERTALL. Les Communeux. 1871. Types, caractères, costumes. *Paris,
Londres, s. d.* (1871), in-4, 34 pl. en couleur, cart. perc. violette, fers spéciaux.

116. CALLIAT. HÔTEL DE VILLE DE PARIS, mesuré, dessiné, gravé et publié par
Victor Calliat, architecte, avec une histoire de ce monument et des re-
cherches sur le gouvernement municipal de Paris, par Le Roux de
Lincy. *Paris, Carilian-Gœury,* 1844 et *Bance,* 1856, 2 vol. gr. in-fol. pl.
gr. montées sur onglets, chag. vert, fil. tr. dor.

Le plat recto de la reliure porte l'inscription suivante en caractère d'or : *à monsieu
le baron Haussmann.*

117. CARTE agronomique des environs de Paris, dressée sur la carte topographique de l'État-major, et exécutée d'après les ordres de M. le baron
G. E. Haussmann, préfet de la Seine, par M. Delesse, ingénieur des mines.
S. l. n. d. grande carte gravée et en couleur, collée sur toile et pliée en
format in-4, renfermée dans un étui, cart. aux armes de la Ville de Paris.

118. — hydrologique du département de la Seine, publiée d'après les ordres
de M. le baron G. E. Haussmann, préfet de la Seine, et exécutée sur la
carte topographique, gravée sous la direction de l'ingénieur en chef des
ponts et chaussées par M. Delesse. *Paris,* 1862, grande carte gravée et
en couleur, collée sur toile et pliée en format in-4, renfermée dans un
étui, cart.

119. — Statistique des égouts de la ville de Paris, carte exécutée sous les
ordres et par les soins de M. Emmery, ingénieur en chef, gravée sur
la demande du conseil municipal ; complétée jusqu'au 31 décembre 1852,
grande carte gravée et en couleur, collée sur toile et pliée de format in-4.

120. — Cartes statistique des égouts et de la distribution des eaux de la ville de Paris, carte exécutée sous les ordres et par les soins de M. Emmery, ingénieur en chef, gravée sur la demande du conseil municipal, complétée jusqu'au 31 décembre 1855, 2 grandes cartes gravées et en couleur, collées sur toile et pliées de format in-4 renfermées dans un étui, cart.

121. — Statistique des égouts et de la distribution des eaux de la ville de Paris, dressées sous les ordres et par les soins de M. Emmery, ingénieur en chef, gravées sur la demande du conseil municipal, complétées jusqu'au 31 décembre 1857. 3 grandes cartes gravées, coloriées, collées sur toile, et pliées de format in-4, renfermées dans un étui cart.

122. — Les mêmes. 3 grandes cartes gravées, coloriées, collées sur toile et pliées de format in-4.

123. — générales de la distribution des égouts et eaux de Paris. S. l. 1858, 2 grandes cartes, gravées, collées sur toile et renfermées dans un étui.

Plans statistiques dressés sur la demande du conseil municipal, par M. l'ingénieur en chef Emmery.

124. — Ville de Paris. Service municipal des travaux publics. Cartes statistiques. Eaux et égouts, 1861, 8 cartes gravées en couleur, collées sur toile et pliées en format in-4, renfermées dans un étui chag. vert aux armes de la Ville de Paris.

125. — topographique des environs de Versailles, dite des Chasses Impériales, levée et dressée de 1764 à 1773 par les ingénieurs des camps et armées commandés par feu M. Berthier, terminée en 1807. — Un titre gravé, un tableau d'assemblage et 12 cartes in-fol. collées sur toile, dans un carton.

126. Daly (César). L'architecture privée au XIXᵉ siècle, sous Napoléon III. Nouvelles maisons de Paris et des environs. Ouvrage dédié à M. le baron Haussmann. *Paris, Morel*, 1864, 3 vol. in-fol. nombreuses pl. mar. r. dos orné, dent. et encadr. dorés sur les plats, tête dor. non rog. (*Petit.*)

Bel exemplaire de dédicace monté sur onglets, avec l'*ex-libris* du baron Haussmann.

127. Documents relatifs aux travaux du Palais de Justice de Paris, et à la reconstruction de la Préfecture de police. *Paris, Charles de Mourgues*, 1858, gr. in-fol. planches montées sur onglets, mar. bleu, dos orné, fil. et comp. dor. dent. int. doublé et gardes de moire bleue, tr. dor.

Planches et légendes. Bel exemplaire au chiffre du baron Haussmann.

128. Flandrin (Hipp.). Frise de la Nef de l'église de Saint-Vincent de Paul, peinte par Hippolyte Flandrin et reproduite par lui en lithographie. *Paris, Lemercier, s. d.* in-fol. oblong, 14 pl. en lithogr. demi-rel. chag. r. avec coins.

Hommage de l'auteur à M. le baron Haussmann.

129. Fourcy (Eug. de). Atlas souterrain de la ville de Paris, exécuté conformément au vote émis en 1853 par la commission municipale et suivant les ordres de M. le baron Haussmann, préfet de la Seine. *Paris, Mourgues*, 1859, in-plano, cartes gravées, coloriées et montées sur onglets, demi-rel. chag. vert avec coins.

130. Fournier (Ed.). Chroniques et légendes des rues de Paris. *Paris, Dentu*, 1864, in-12, mar. vert, tr. dor.

Chiffre couronné du baron Haussmann sur le plat recto de la reliure.

131. — Histoire du Pont-Neuf. *Paris, Dentu*, 1862, 2 vol. in-16, mar. vert, dent. int. tr. dor.

Exemplaire sur papier vélin fort, chiffre couronné du baron Haussmann sur le plat recto de la reliure.

132. GARNIER (Charles). Le nouvel Opéra de Paris. *Paris, Ducher*, 1880, 2 vol. in-fol. 3e planches en noir et en couleur, portrait, en 10 livraisons.

Planches seules, plus les 5e et 6e fasicules du texte. On y a ajouté un Recueil de QUINZE DESSINS ORIGINAUX exécutés en 1859, par M. Rohault, architecte, comme projet du Nouvel Opéra.

133. GAVARD. Galeries historiques de Versailles. *S. l. n. d.* séries de planches et de portraits gravés en 4 vol. gr. in-4, cart. non rog.

134. HÉRICART DE THURY. Description des Catacombes de Paris, précédée d'un précis historique sur les Catacombes de tous les peuples. *Paris,* 1825, in-8, planches, demi-rel. bas. f.

135. HISTOIRE GÉNÉRALE DE PARIS. Collection de documents publiés sous les auspices de l'édilité parisienne. *Paris, Impr. Imp. et Nationale,* 1866-1886, 28 vol. in-4, pl. noires et color. facs-similes, cart. de l'édition aux armes de la ville sur les plats.

Introduction, 1 vol. — Topographie du vieux Paris. Région du Louvre et des Tuileries. 2 vol.; région du bourg Saint-Germain, 1 vol.; région du faubourg Saint-Germain, 1 vol.; région occidentale de l'Université, 1 vol. — Paris et ses historiens aux XIVe et XVe siècles. 1 vol. — Bassin parisien aux âges antéhistoriques, 3 vol. dont 1 de planches. — Le livre des métiers d'Etienne Boileau. 1 vol. — Plan de Paris en 1380, texte et planches. — Les Jetous de l'échevinage parisien, 1 vol. — Etienne Marcel prévot des marchands, 1 vol. — Cartulaire général de Paris, tome I, 1 vol. — Les Métiers et Corporations de la ville de Paris, tome I, 1 vol. — Registre des délibérations du bureau de la ville de Paris, tomes II, III et IV, 3 vol. — Les anciennes Bibliothèques de Paris, 2 vol. — Cabinet des manuscrits de la Bibliothèque Impériale, 4 vol. dont 1 fac-similé.

136. JACQUAND. Histoire de la Vierge, peintures murales éxécutées par Claudius Jacquand (peintre d'histoire) Eglise Saint-Philippe-du-Roule à Paris, gravées sur acier par Baudran. *Paris, Cadart et Chevalier, s. d.* in-fol. pl. gr. sur chine, demi-rel. chag. brun.

137. LA VALETTE (Marquis de). Les établissements généraux de bienfaisance placés sous le patronage de l'Impératrice. Monographies présentées à Sa Majesté. *Paris, Imprimerie Impériale,* 1866, in-fol. planches gravées à l'eau-forte par Léon Gaucherel, plans, demi-rel. mar. vert avec coins, dos orné, fil. tête dor. ébarbé.

Quelques ff. mal pliés; une feuille et une planche détachées.

138. LUSSON (A). Plans coupes, élévations et détails de l'église de Saint-Eugène. *Paris,* 1855, in-fol. texte 8 pages et 5 pl. gr. cart.

139. MÉMOIRE (Second) sur les eaux de Paris, présenté par le Préfet de la Seine (M. le baron Haussmann) au Conseil Municipal, 16 juillet 1858. — Second Mémoire sur les eaux de Paris. Planches et tableaux; 12 pl. très gr. in-fol. en noir et en couleur, pliées et collées sur soie rouge. — Rapport fait au Conseil Municipal, au nom de la Commission des eaux, par M. Dumas, président du Conseil, dans la séance du 18 mars 1859. — *Paris, de Mourgues,* 1858-59. — Ens. 3 vol. in-4, pl. chag. r. dos orné, fil. et comp. dor. doublé de moire r. dent. int. tr. dor. étui de chag. r. fil. et comp. d'or.

Bel exemplaire.

140. NARJOUX (Félix). Paris, monuments élevés par la Ville, 1850-1880. Ouvrage publié sous le patronage de la ville de Paris. *Paris, Morel,* 1883, 4 vol. in-fol. nombreuses planches et fig. en feuilles dans 4 cartons.

141. PARIS dans sa splendeur. Monuments, vues, scènes historiques, description et histoire. *Paris, Charpentier,* 1861-1863, 3 tomes en 2 vol. in-fol. fig. et planches hors texte, lithog. et teintées, demi-rel. chag. r. (*Rel. fatiguée.*)

142. PENOR. Monographie du Palais de Fontainebleau, accompagnée d'un texte historique et descriptif par M. Champollion-Figeac. *Paris, Morel,* 1863, 2 vol. in-fol. pl. gr. demi-rel. mar. r. avec coins, dos orné, tête dor.

Bel exemplaire entièrement monté sur onglets.

143. Plan des nouvelles dispositions du Bois de Boulogne, 1856 (du service municipal de Paris), grande carte gravée et en couleur, collée sur toile et pliée de format in-4, renfermée dans un carton.

144. — des Sources de Belleville (Paris). *S. l. n. d.* carte gravée, coloriée, collée sur toile et pliée de format in-4, renfermée dans un étui cart.

145. — du Bois de Vincennes. *S. l. n. d.* grande carte collée sur toile et pliée de format in-8, renfermée dans un étui en bas. verte aux armes de la ville de Paris.

> Jolie carte dessinée et coloriée avec beaucoup de soin.

146. — général de la Ville de Paris et de ses environs comprenant les bois de Boulogne et de Vincennes dressé à l'échelle de 1/5000, d'après les ordres de M. le baron G. E. Haussmann, 1866. — Carton de 20 cartes gr. in-fol. de double grandeur soigneusement collées sur toile.

> Feuilles nᵒˢ 1 à 21, sauf la feuille nᵒ 7 qui manque.
> Exemplaire au chiffre de M. le baron Haussmann.

147. — GÉNÉRAL DE LA VILLE DE PARIS et de ses environs, comprenant le bois de Boulogne et le bois de Vincennes dressé par les géomètres du service municipal du Plan de Paris, d'après les ordres de M. le baron Haussmann, préfet de la Seine. *Paris*, 1862, in-fol. cartes, mar. bleu, fil. doublé et gardes en moire bleue, tr. dor.

> Exemplaire de dédicace offert au baron Haussmann, préfet de la Seine. Un feuillet placé en tête du volume contient la dédicace suivante, écrite en beaux caractères anciens : *A M. le baron Haussmann, sénateur, préfet de la Seine, grand-croix de l'ordre impérial de la Légion d'honneur. Hommage de respectueux dévouement. Le chef de service du plan de Paris* (Eug. Deschamps), *les géomètres du service* (MM. Berger, G. Lozier, Fauvet, etc.); *les graveurs* (MM. Ch. et Eug. Avril et C. Sauvageot).
> Jolie dédicace calligraphiée en plusieurs couleurs et rehaussée d'or; lettre majuscule contenant la photographie peinte en miniature du baron; on remarque aussi les armoiries de la Ville de Paris.
> Tous les plans qui sont montés sur onglet, ont été coloriés au pinceau avec beaucoup de soin.
> La reliure porte au centre le chiffre couronné et aux angles les armoiries de M. le baron Haussmann.

148. — général des égouts de la Ville de Paris, et de ses environs, publié par ordre de M. le baron Haussmann et exécuté sur le plan à l'échelle de 15,000, 1867. — Grand in-fol. de 21 plans de double grandeur coloriés à la main, montés sur onglets, chag. r. fil. tr. dor. armes de la Ville de Paris sur les plats.

149. — général des conduites d'eaux de la Ville de Paris et de ses environs, publié par ordre de M. le baron Haussmann, préfet de la Seine et exécuté par les ingénieurs du service municipal des travaux publics. *Paris*, 1867, in-plano, cartes gravées, coloriées à la main et montées sur onglets, chag. vert, fil. titre en or sur le plat recto surmonté des armoiries de la Ville de Paris.

150. — géométral de Paris et de ses agrandissements à l'échelle d'un millimètre pour 10 mètres. *Paris, Andriveau-Goujon*, 1860, grande carte gravée et en couleur, collée sur toile et pliée en format in-4.

151. — Extension des limites de Paris. — 4 belles et grandes cartes pliées, collées sur soie bleue, dans un étui in-4 en chag. bleu.

> Plan géométral de Paris et de ses agrandissements, 1859. — Carte du département de la Seine indiquant les modifications de circonscriptions territoriales nécessitées par l'extension des limites de Paris, 1859, 3 cartes.
> Bel exemplaire au chiffre de M. le baron Haussmann.

152. — routier de la Ville de Paris, divisé en 12 arrondissements ou mairies et en 48 quartiers, sur lequel sont indiqués tous les changements et projets ordonnés par le gouvernement. *Paris, Picquet*, 1814, très gr. in-fol. collé sur toile.

153. Poussin. Travaux d'Hercule composés par M. Poussin pour la décoration de la grande galerie du Louvre. Seconde partie publiée par E. Gatteaux, d'après les dessins qui font partie de son Cabinet, gravés par A. Gelée, 1850. — In-fol. oblong de 20 planches, br.

154. Statistique de l'Industrie à Paris, résultant de l'enquête faite par la Chambre de commerce. *Paris, Chambre de commerce*, 1864, fort volume in-4, demi-rel. chag. vert avec coins.

155. Vues, monuments, constructions de Paris, principalement pendant les fonctions de M. le baron Haussmann, etc. — Réunion de 90 photographies in-4 et in-fol.

> Eglise Saint-Bernard, Notre-Dame de Clignancourt, la Marne, la Seine, F. Arago, Fontaine projetée pour les abords du nouvel Opéra, Ambassade de France à Constantinople, Marché du Temple, Travaux du nouvel Opéra, Pont de l'Alma, Nouvel Hôtel-Dieu, Pont-Viaduc du Point-du-Jour, Ecole municipale Turgot, Nivellement des abords du boulevard Malesherbes, Pont de Chennevières sur la Marne, Pont-au-Change reconstruit, Pont-aqueduc d'Arcueil, Eglise Sainte-Clotilde, Essai de décoration de la place du Trône (Rentrée de l'armée d'Italie), Pont de l'Alma, Pont des Invalides, Pont sur la Seine à Courbevoie, Tribunal de Commerce, Carrière de Marcougis (S.-et-O.), Cimetière du Père-Lachaise, Vaudeville, Charlemagne, projet de M. Leveil, statue de Moncey, Place du Châtelet, etc., etc.

156. Vues photographiques de l'asile impériale de Vincennes. S. *l. n. d.* Album de 11 planches in-fol. obl. cart.

157. Vuigner (Émile). Docks-entrepôts de la Villette. Détails pratiques sur les diverses constructions de cet établissement. *Paris, Dunod*, 1861, 1 vol. in-4 de texte et 1 atlas gr. in-4. — Ens. 2 vol. demi-rel. chag. vert.

> Envoi autographe de l'auteur à M. le baron Haussmann.

158. — Rivière et Canal de l'Ourcq. Mémoire relatif aux travaux exécutés pour améliorer le régime des eaux sur la rivière et le canal de l'Ourcq. *Paris, Dunod*, 1862, 1 vol. in-4 de texte et 1 atlas gr. in-4. — Ens. 2 vol. demi-rel. chag. vert.

> Envoi autographe de l'auteur à M. le baron Haussmann.

159. Yriarte (Charles). Histoire de Paris, ses transformations successives, avec vignettes, chromo et eaux-fortes. *Paris, Rothschild, s. d.* in-4, fig. br.

> Publication exécutée en souvenir de l'inauguration du nouvel Hôtel de Ville le 13 juillet 1882.

N° 736

Paris. — Typ. Chamerot et Renouard, 19, rue des Saints-Pères. — 30030.

RED. :

19

graphicom

0 1 2 3 4 5 6 7 8 9 10

BIBLIOTHEQUE NATIONALE DE FRANCE

****

CHATEAU DE SABLE

1996